Quand j'avais cinq ans je m'ai tué

FichesdeLecture.com

Quand j'avais cinq ans je m'ai tué
(Fiche de lecture)

I. INTRODUCTION

Howard Buten est un écrivain américain né en 1950 à Detroit. Il entame des études de psychologie et devient docteur en psychologie clinique. Il commence par connaître le succès avec ses romans (*Quand j'avais cinq ans je m'ai tué*, *Le Cœur sous le rouleau compresseur*, *Monsieur Butterfly*) avant de revenir à des activités plus médicales. Il fonde ainsi une clinique spécialisée pour jeunes enfants autistes en banlieue parisienne. En 1973, il crée le personnage de Buffo, un clown muet qui connaîtra rapidement un succès international. Howard Buten mêle, encore aujourd'hui, danse, mime, musique, écriture et thérapie pour soigner les enfants autistes. Jouissant d'une renommée dépassant amplement son pays d'origine, il réside actuellement à Paris, où il continue d'écrire et de jouer son personnage fétiche du clown Buffo.

Quand j'avais cinq ans je m'ai tué est paru aux éditions du Seuil en 1981. Contant avec naïveté l'histoire troublante de Gilbert, un petit garçon placé en institution spécialisée, le livre a connu un succès considérable. Il fit même l'objet d'une adaptation cinématographique en 1994. Présentant avec tendresse les multiples facettes de l'internement d'un jeune garçon, l'ouvrage aborde le sujet délicat de l'autisme et des thérapies adaptées.

II. RÉSUMÉ

Le livre est raconté par Gilbert Rembrandt, un jeune garçon de cinq ans. Dès le début de l'ouvrage, il raconte qu'il s'est « tué » en faisant semblant de se tirer une balle en pleine tête. On apprend ensuite, sans savoir pourquoi, qu'il a été transféré au centre psychiatrique pour enfants autistes des Pâquerettes. Il ne s'y plaît pas, et ne tente même pas de répondre aux questions du Dr Nevele, son thérapeute. On apprend à peine que son internement est dû à un accident avec une de ses amies, Jessica Renton. Progressivement, Gil raconte sa rencontre avec Jessica, mais sans jamais évoquer l'événement déclencheur. Il en est vite tombé amoureux, mais sans vraiment s'en rendre compte. Le jeune garçon oscille sans cesse entre souvenirs et scènes dans le centre. Il y rencontre ainsi Rudyard, un jeune médecin qui s'occupe de lui autrement, en prenant systématiquement son parti. Un jour, Gilbert trouve un document qu'il n'arrive pas à déchiffrer. Il s'agit en fait d'une note médicale complexe sur son état, qui semble assez grave : l'enfant semble atteint de graves troubles autistiques.

Le garçon continue alors à raconter son existence, entre tendresse, humour et désillusions du jeune âge. Les journées au centre côtoient les souvenirs d'école, et de Jessica. Les autres pensionnaires de l'institution semblent cependant plus turbulents et étranges que ses condisciples de classe, et Gilbert a la désagréable impression de ne pas être à sa place. Il découvre également que Rudyard a écrit sur le mur de la salle de repos, comme lui quelques jours auparavant. Il ne comprend pas vraiment l'atti-tude du médecin, mais se rapproche tout de même de lui. Cependant, Gilbert tombe un jour sur une nouvelle notice dont il ne parvient pas à comprendre le sens. Il la réécrit donc, et le lecteur comprend que le Dr Rudyard essaye une nouvelle thérapie, basée sur l'amitié avec l'enfant, ce qui est vivement déconseillé par le médecin principal.

Gilbert reçoit des lettres de ses parents et de son frère, mais attend toujours une lettre de Jessica, qui lui avait promis d'écrire. Il raconte alors l'épisode du zoo, où il s'était retrouvé tout près des alligators avec Jessica, et le début de leur amitié-amour naissant. Il parle également du concours d'orthographe, qu'il a gagné de justesse devant la meilleure élève de la classe, alors que Jessica, elle, a épelé un mot de manière tout à fait fantai-siste pour se faire éliminer volontairement. Il évoque ensuite l'achat d'une nouvelle voiture avec ses parents. Tout cela est décrit avec ses mots et sa conscience d'enfants. Parfois avec maladresse, mais toujours avec sincé-rité. Il revient ensuite sur sa vie au centre, avec l'ouverture de la nouvelle piscine. Mais Gilbert ne sait pas nager, et il est le seul enfant mécontent de l'annonce... Il s'énerve alors et est envoyé dans la salle de repos pour se calmer. Il y trouve Rudyard qui lui explique qu'il ne sait pas nager non plus. Les deux personnages décident alors d'y aller ensemble. Gilbert se lie alors profondément d'amitié avec le jeune médecin, en qui il trouve un confident, mais également un véritable ami.

Gilbert trouve à nouveau un billet du Dr Nevele, expliquant en termes complexes qu'il va demander à ce que Rudyard soit mis à l'écart du projet thérapeutique du centre. Gilbert n'y comprend toujours rien. Le jeune garçon revient alors à sa vie avant l'internement. Il raconte qu'il a toujours aimé les costumes, et que, bien souvent, sa mère lui en fabriquait des merveilleux. Mais le jour où il a mis son plus beau déguisement, celui de Superman, sa mère a oublié de le réveiller et il s'est retrouvé au plein milieu de l'après-midi dans l'école déserte...

Il poursuit en évoquant sa première colonie de vacances, où il était dans la cabane des enfants les moins sportifs. C'est là aussi qu'il a mouillé son lit pour la première fois. Il revient ensuite au centre, où il raconte une de ses énièmes crises au moment de recevoir les lettres : toujours aucune de Jessica. Rudyard lui avoue également que quelqu'un aimerait le voir partir du centre...

Gilbert se souvient alors d'un Thanksgiving (une fête américaine) où il avait fabriqué un pantin de bois. Il avait aussi appris, ce soir-là, que le père de Jessica était décédé. Il avait donc décidé de se rendre chez son amie, mais n'avait jamais osé rentrer dans la maison. Il s'était contenté de rester longtemps sous la pluie, avec son ciré jaune, et avait déposé son pantin au pied d'un arbre dans le jardin de Jessica, pour la consoler. Quelques jours plus tard, les deux jeunes enfants ont décidé de faire l'école buissonnière. Ils ont ainsi parcouru la ville, traversé de grandes routes, visité des magasins pour enfants, pour finalement arriver devant un parc fermé. Un vieil ouvrier a accepté de leur ouvrir les portes, mais Jessica est tombée dans un des bassins, et l'employé les a vite chassés avant d'avoir des ennuis. Ils sont alors entrés chez un concessionnaire pour se réchauffer, puis se sont enfermés dans une voiture d'exposition. Gilbert essayait de faire rire Jessica avec difficulté, pendant qu'une dizaine de personnes tentaient en vain de les faire sortir de la voiture. Enfin, les deux personnages se sont échappés sans trop de mal, s'en sortant juste avec une réprimande de l'agent de quartier.

Jessica a alors invité Gilbert chez elle. Elle a retiré sa robe dans sa chambre, et attiré le garçon contre elle. Ne sachant trop quoi faire, ce dernier s'est contenté de suivre ce que disait son amie. La mère de Jessica est alors entrée dans la chambre, et a violemment écarté Gilbert de sa fille. On comprend alors que c'est suite à cet incident qu'il a été envoyé aux Pâquerettes, alors qu'il n'avait, finalement, rien fait de mal. Avant de partir, Rudyard donne quelques lettres au jeune patient. Il s'agit de lettres de Jessica, que le Dr Nevele avait refusé de transmettre au jeune garçon. La lettre expliquait qu'elle allait bien, malgré les traitements médicamenteux de sa mère. Le livre se clôt sur la réponse de Gilbert à Jessica. La courte lettre raconte comment le jeune garçon est, un jour, rentré dans la chambre de ses parents la nuit pour savoir s'il y avait quelqu'un, laissant l'interprétation de sa curieuse missive à l'imagination du lecteur...

III. PERSONNAGES

Gilbert

À première vue, Gilbert semble être assez particulier comme enfant. Il ment sans arrêt, s'invente sans cesse des histoires rocambolesques, pique des crises parfois violentes, etc. Mais au fur et à mesure qu'on découvre l'enfant, on se rend compte qu'il est en fait tout à fait normal. Ou, mieux, qu'il a une perception accrue de la réalité. Il ne réagit jamais sans raison, toutes ses actions sont motivées, et l'effet curieux qui en résulte est dû à un trop profond décalage avec la réalité des adultes. En effet, Gilbert voit, réfléchit, et agit. Mais il perçoit différemment, rendant ainsi ses actes différents et malveillants aux yeux parfois trop réducteurs des adultes...

Grâce à ce constat, on perçoit le protagoniste d'une tout autre manière. Il n'est plus l'enfant autiste qu'il a fallu interner. Il est un être doué d'une immense sensibilité, que les adultes n'ont pas pu déceler. Sauf Rudyard, comme nous le verrons par après. Le lecteur est donc amené à reconsidérer la place de l'autiste dans la société actuelle. Pour parvenir à ce but, Buten a choisi de retranscrire le livre dans un langage enfantin, afin d'accentuer le sentiment d'identification (et de compréhension) au jeune garçon. En expliquant chacun de ses choix par des mots simples, voire des néologismes ou des erreurs grammaticales, Gilbert apparaît comme un jeune garçon réel, pas encore capable de maîtriser la langue de ses aînés. Grâce à cela, le lecteur comprend vite que tout ce que les adultes lui attribuaient comme tares (crises, énervement, mensonges) est en fait des réactions tout à fait logiques et légitimes dans l'esprit du héros...

Jessica

Jessica est, en quelque sorte, le double féminin de Gilbert. Peu en phase avec les autres enfants et les manières des adultes, elle semble également mise à l'écart. Mais, à la différence de Gilbert, Jessica veut comprendre et rejoindre le monde des adultes, comme en témoigne l'événement déclencheur de l'internement, la volonté de simuler l'amour physique.

Elle s'écarte donc de l'enfance rationnelle de Gilbert, ce qui va précipiter ce dernier dans un véritable enfer, le centre psychiatrique des Pâquerettes. La marginalité de ces deux enfants a donc été considérée comme un problème à solutionner, alors qu'il suffisait de comprendre qu'ils tentaient, tous deux, de réagir en adultes. De manière inconsciente pour Gilbert (qui développe sa propre logique enfantine réfléchie), et consciente pour Jessica (qui veut « passer à l'acte » pour devenir comme les autres adultes).

Le personnel soignant

Face à ce cas de compréhension infantile étrange, deux réactions sont possibles. Soit les considérer comme des malades, ce que fait le Dr Nevele, en utilisant des moyens violents (la ceinture de contention, l'enfermement). Soit tenter de comprendre, en s'approchant de la logique de l'enfant, comme Rudyard le fait en apprivoisant le farouche Gilbert. On comprend aisément que la seconde proposition est plus intéressante… Ce qui marque clairement le choix de l'auteur, et son empreinte dans le livre, comme nous allons le constater plus tard.

IV. AXES DE LECTURE

L'envers de l'autisme

Howard Buten est célèbre pour ses travaux sur l'autisme. Il est ainsi peu étonnant de constater que ce thème est au centre de l'histoire de Gilbert, dans *Quand j'avais cinq ans je m'ai tué*. On comprend aisément que, par ce livre, Buten alias Buffo tente de nous ouvrir les yeux sur la réalité souvent mal acceptée de l'autisme. Car, si l'on se sent proche et compatissant pour le pauvre Gilbert, il n'en demeure pas moins un enfant violent. Ses actes sont, certes (voire plus haut), logiquement motivés, mais il reste considéré comme un autiste par les médecins et autres adultes. Et pourtant, il n'est qu'un enfant, avec ses peurs, ses soucis, ses joies et ses intérêts. En présentant au lecteur le tableau croisé de la violence et de l'insouciance infantile de Gilbert, Buten nous livre en fait tout simplement l'analyse intérieure de l'autisme enfantin. Ce faisant, il atteint son but : nous faire prendre conscience de la difficulté de ces enfants, mais sans jamais occulter leur potentiel malheureusement violent.

En effet, l'auteur n'hésite pas à souligner certaines crises de Gilbert, afin de ne pas trop « enjoliver » son personnage. Mais en replaçant ces évènements dans un contexte logiquement analysé, il rend ces moments compréhensibles, et suscite plus la pitié et la compassion que l'aversion ou le dégoût chez le lecteur. Avec *Quand j'avais cinq ans je m'ai tué*, Howard Buten propose à la fois une théorie explicative et une œuvre poignante, qui accentue encore plus l'effet de compréhension et d'empathie recherché chez le lecteur.

Le langage comme soutien à l'histoire

D'un point de vue lexical, l'ouvrage choque. En effet, toute l'histoire (mis à part les notices médicales) est rédigée dans un style enfantin. Non pas des phrases simples et courtes, comme dans les livres pour jeunes enfants, mais bien des séquences fluctuantes, qui suivent avec fidélité l'esprit foisonnant de Gilbert. Les « pasque » et utilisations confuses d'auxiliaires (« avoir » pour « être », etc.) parsèment en effet le livre, mais, loin de déstabiliser le lecteur, le rapprochent encore plus du personnage-narrateur de Gilbert. *Quand j'avais cinq ans je m'ai tué* peut donc être considéré comme un manifeste pour la conservation de la langue infantile. On n'y trouve aucune difficulté de compréhension, aucune ellipse déroutante, mais, au contraire, une unité lexicale qui confère au livre un aspect fini et cohérent. En doublant son histoire d'un contenant particulier, Buten parvient à attirer une nouvelle fois l'attention de son lecteur sur son propos, afin de le rendre plus prenant encore.

La progression discontinue

Cet axe complète le précédent. Car si le style enfantin agit à merveille, il faut également qu'un procédé narratif vienne soutenir la structure du récit, pour ne pas troubler le lecteur. C'est ainsi que Buten introduit, à certains moments, des éléments médicaux plus précis (les notices trouvées par Gilbert), afin de faire comprendre à son public la véritable nature de la situation. Grâce à cette progression fixe, entrecoupée d'explications moins naïves, l'auteur évite de sombrer dans le roman infantile à visée limitée… Ce « garde-fou médical » permet ainsi à l'auteur d'ancrer son récit dans une réalité scientifique, et non plus uniquement dans l'esprit d'un jeune garçon interné.

Dans la même collection en numérique

Escadrille 80

Inconnu à cette adresse

La controverse de Valladolid

Les Vilains petits canards

Une partie de campagne

Cahier d'un retour au pays natal

Dora Bruder

L'Enfant et la rivière

Moderato Cantabile

Alice au pays des merveilles

Le faucon déniché

Une vie

Chronique des Indiens Guayaki

Je voudrais que quelqu'un m'attende quelque part

La nuit de Valognes

Œdipe

Disparition Programmée

Education européenne

L'auberge rouge

L'Illiade

Le voyage de Monsieur Perrichon

Lucrèce Borgia

Paul et Virginie

Ursule Mirouët

Discours sur les fondements de l'inégalité

L'adversaire

La petite Fadette

La prochaine fois

Le blé en herbe

Le Mystère de la Chambre Jaune

Les Hauts des Hurlevent

Les perses

Mondo et autres histoires

Vingt mille lieues sous les mers

99 francs

Arria Marcella

Chante Luna

Emile, ou de l'éducation

Histoires extraordinaires

L'homme invisible

La bibliothécaire

La cicatrice

La croix des pauvres

La fille du capitaine

Le Crime de l'Orient-Express

Le Faucon malté

Le hussard sur le toit

Le Livre dont vous êtes la victime

Les cinq écus de Bretagne

No pasarán, le jeu

Quand j'avais cinq ans je m'ai tué

Si tu veux être mon amie

Tristan et Iseult

Une bouteille dans la mer de Gaza

Cent ans de solitude

Contes à l'envers

Contes et nouvelles en vers

Dalva

Jean de Florette

L'homme qui voulait être heureux

L'île mystérieuse

La Dame aux camélias

La petite sirène

La planète des singes

La Religieuse

À propos de la collection

La série FichesdeLecture.com offre des contenus éducatifs aux étudiants et aux professeurs tels que : des résumés, des analyses littéraires, des questionnaires et des commentaires sur la littérature moderne et classique. Nos documents sont prévus comme des compléments à la lecture des oeuvres originales et aide les étudiants à comprendre la littérature.

Fondé en 2001, notre site FichesdeLectures.com s'est développé très rapidement et propose désormais plus de 2500 documents directement téléchargeables en ligne, devenant ainsi le premier site d'analyses littéraires en ligne de langue française.

FichesdeLecture est partenaire du Ministère de l'Education du Luxembourg depuis 2009.

Plus d'informations sur www.fichesdelecture.com

Notes :